VICTOR VAINQUEUR.

LES DEUX
AMANS VENDÉENS

OU LE
COURAGE RÉCOMPENSÉ

PAR

ADOLPHE PÉCATIER.

PARIS,

CHEZ LEBAILLY, LIBRAIRE,

rue Dauphine, 24.

—

1841.

Imprimerie d'A.-Saintin, 58, rue St-Jacques.

AVANT-PROPOS.

Le titre que nous donnons à ce petit ouvrage semble indiquer que l'amour en fera le principal intérêt. Qu'on se détrompe, car au contraire il ne sera qu'accessoire. Si nous nous en sommes servi pour donner un nom à cette histoire, c'est que nous n'avons pas voulu paraître avoir la prétention de renfermer dans un aussi petit cadre les fameuses guerres de la Vendée et les malheurs qu'elles entraînèrent. Nous avons eu pourtant cette témérité que le public nous pardonnera sans doute s'il se donne la peine de consulter notre bonne intention. Dans la bibliothèque de la librairie économique, il manquait l'abrégé que nous allons mettre au jour : cette idée nous a paru assez puissante pour nous déterminer à poursuivre notre résolution; nous glisserons, comme on le pense, avec la plus grande rapidité, même sur les faits les plus intéressans, nous avons trop peu de pages à remplir pour qu'il nous soit possible de trop nous étendre sur des passages où l'on trouverait pourtant les peintures les plus vives et les plus touchantes. Cependant il sera aisé au lecteur d'apercevoir dans cet ouvrage un léger tableau des calamités auxquelles les révolutions donnent presque toujours naissance. Nous le lui dédions avec confiance, certains d'avance qu'il nous tiendra compte de nos efforts pour lui être utilé et agréable.

LES DEUX
AMANS VENDÉENS.

L'infortuné Louis XVI victime des fureurs d'un parti à la tête duquel se trouvaient quelques hommes sanguinaires, venait de descendre les degrés du trône pour monter ceux de l'échafaud; la France consternée et agitée par les plus violentes secousses, cherchait en vain un remède à tant d'affreuses calamités, et courbant sa tête sous un joug de fer, déplorait au sein d'un horrible esclavage son indépendance passée et sa grandeur naguère si éclatante.

Passivement obéissante, elle cédait en frémissant aux exigences de ces maîtres barbares ; mais elle nourrissait dans son cœur une plaie bien profonde et une douleur bien amère. La mort tragique de son roi trop peu énergique pour comprimer un orage politique, et à qui on ne pouvait reprocher que trop de faiblesse, n'avait pas étouffé en elle les justes regrets qu'elle devait à sa mémoire, et l'indignation dont toute âme sensible devait être saisie envers ces bourreaux forcenés; mais ses nobles larmes ne pouvaient couler que dans l'ombre. Dans ces jours de terreur, de fanatisme et d'alarmes, malheur à celui qui aurait planté un cyprès sur la tombe royale! il aurait payé de sa tête un essor aussi généreux.

Pour légitimer au moins aux yeux des Français un régicide marqué dans l'histoire avec les couleurs les plus noires, les Jacobins cherchèrent à détruire en eux tout germe de morale. Des prêtres hideux, lâches apostats et devenus les honteux ministres des passions les plus dégradantes, allaient prêchant le mépris pour la religion et foulaient aux pieds ses plus auguste vérités. Par ce moyen on espérait abrutir les ames, leur inspirer de l'horreur pour le bien et les faire descendre à ce degré de honte où elles ne savent plus rougir des plus grands excès. Une partie de la France, soit par crainte, soit par un fatal aveuglemeut, obéit à l'impulsion fanatique qu'on lui donna, mais les sicaires révolutionnaires et leurs cruels interprètes devaient, au sein même de la patrie, rencontrer la plus généreuse résistance.

La Vendée devenue depuis immortelle par une lutte opiniâtre qui dura deux ans et où elle cueillit les lauriers les plus beaux, avait frémi en voyant éclore une révolution qui laissait entrevoir dans le lointain les plus noires tempêtes. Le meurtre d'un roi innocent, les principes démagogiques prêchés par la convention et ses agens, la persécution contre la religion et la levée des 500,000 hommes furent les motifs qui mirent les

1 *

armes aux mains des Vendéens, Ils se levè-
rent donc spontanément. Les nobles et les
prêtres qui avaient eu le courage de rester
fidèles à leur culte furent leurs auxiliaires.
Le paysan de la Vendée entra le premier
dans la carrière de la gloire et de l'honneur.
Cette armée improvisée, novice dans les
combats, mais qui, animée des sentimens
les plus saints, résista avec avantage à
400,000 Républicains, eût été invincible et
eût eu le noble orgueil de relever les autels
et d'anéantir les factions qui coûtèrent à la
France tant de sang et tant de larmes si les
rivalités toujours si dangereuses n'étaient
pas venues se glisser parmi les chefs et si après
la défaite de Chollet, au lieu de franchir la
Loire, elle se fût réunie aux troupes de
Charette.

Plus loin nous donnerons quelque étendue
à cette vérité ; ayant de tracer aux yeux du
lecteur l'horrible tableau d'une guerre civile,

et de lui faire entendre le cliquetis des armes,
bruit toujours déchirant surtout quand des
frères se battent les uns contre les autres,
abordons un instant une simple et chétive
chaumière où règnent le bonheur et la
paix.

Dans un village voisin de Bressuire une
des principales villes de la Vendée, s'élevait
à quelques pieds du sol une petite habitation
asile sacré de la pauvreté et de la vertu. Une
jeune fille ornée des dons les plus précieux,
faisait la joie et l'orgueil de ses parens qui,
à défaut de richesses, avaient semé dans son
ame le germe de la morale la plus pure. Elle
se nommait Rose et elle possédait la fraî-
cheur et l'éclat de cette reine des jardins à
qui nous avons donné ce nom. Victor aussi
pauvre qu'elle mais laborieux, honnête, et
élevé dans les meilleurs principes, lui avait
fait hommage de son amour, et les familles
des deux amans attendaient leur majorité

pour unir des cœurs que le ciel semblait
avoir créés l'un pour l'autre. Rose et Victor
qui appelaient de tous leurs vœux cette épo-
que fortunée passaient leurs instans de loisir à se répéter qu'ils s'aimeraient tonjours,
et sous les yeux de leurs parens dont leur
chaste feu ne redoutait pas les regards, ils
s'embrassaient avec une douce étreinte où
leur innocence et leur candeur jouaient le
rôle le plus intéressant. Rien ne semblait
pouvoir porter la moindre atteinte à leur
bonheur, et leur amour ne se repaissait que
de riantes idées, lorsque la France devenant
le théâtre de la plus sanglante révolution,
opéra dans la Vendée un choc dont tout noble cœur dut sentir la secousse. Victor unis-
sait à une amé tendre une énergie et une ré-
solutions admirable. A l'aspect de l'essor généreux qui transportait ses compatriotes,
l'amour de la patrie parla soudain à son
jeune cœur et le désir de venger ses mal-

heurs, émut ses entrailles ; en vain les beaux yeux noirs de Rose, humides de larmes, semblaient lui dire d'immoler la gloire au bonheur d'aimer et d'être aimé ; en vain sa douce voix lui disait : mon bon Victor, ne m'abandonne pas ou, dumoins, attends quelques jours encore, peut-être l'orage se calmera ; en vain ses bras caressans passés autour de son cou voulaient opposer à son départ la plus douce chaîne ; Victor, aussi ferme qu'amoureux et plus occupé du bonheur général que de sa félicité particulière fermait son ame aux attrayantes séductions de son amante pour n'y donner accès qu'à des idées de gloire. Il fit tous ses efforts pour la consoler et pour lui faire comprendre que pour être réellement digne d'elle il devait paraître à ses yeux comme aimant avant tout les intérêts de sa patrie ; Rose n'écouta qu'à demi les paroles du jeune patriote, elle était aveuglée par son amour.

Cependant l'élan devenait presque général, toute la partie énergique de la Vendée était sur pied et aiguisait ses armes et son courage pour repousser les républicains; d'instans en instans le bruit du tambour grossissait dans les campagnes le noyau de l'insurrection. Victor tressaillit et rougissant d'avoir perdu quelques heures, peut-être précieuses, dans les bras d'une femme qui ne devait pas l'occuper quand la patrie en danger l'appelait sous ses drapeaux, il sut trouver en lui assez de force et de courage pour maîtriser son violent amour. Il s'arma, se mit à genoux, demanda la bénédiction de ses parens et les pria de bénir aussi ses armes; puis se relevant et s'adressant à Rose dont une triste pâleur avait remplacé le vif coloris:

» Amante adorée, lui dit-il, arrête dans tes
» beaux yeux des larmes qui m'outragent,
» et, en m'encourageant à voler au combat,
» prouve-moi que tu n'aimerais par Victor,

» si Victor à son tour n'aimait pas sa patrie.
» Laisse-moi quand l'honneur m'appelle,
» aller cueillir quelques lauriers qu'à mon
» retour j'unirai aux liens de fleurs que l'hy-
» men nous promet, et, quand toute la Ven-
» dée se lève en chantant guerre et victoire,
» ne souffre pas inactif à tes côtés, un
» amant dont le bras plein de jeunesse et de
» force peut être utile à son pays.

D'aussi nobles paroles prononcées avec cet accent énergique que donne à la voix un cœur bouillant de patriotisme non seulement calmèrent Rose, mais, comme par un prodige, lui firent aussi aimer la gloire. Va! dit-elle, va défendre ton pays, et qu'une honteuse faiblesse ne te rende pas coupable à ses yeux; j'allais par ma mollesse devenir indigne de toi; j'en rougis, pardonne-moi. A présent j'aime les combats et tous leurs dangers; et dussé-je te perdre, je préférerai ma douleur qui s'enorgueillira du souvenir de ton courage à la possession d'un amant qui ne saurait qu'aimer et soupirer aux pieds de sa belle ; pars Victor, que Dieu te protége, et que bientôt l'autel de notre église reçoive à genoux sur ses dalles mon époux guerrier.

Quelques larmes qui, cette fois, n'étaient pas une faiblesse, coulèrent de tous les yeux ; on s'embrassa. Victor tint quelques instans son cœur pressé sur celui de Rose et s'éloigna rapide comme l'éclair de peur que son amante ne fît sur elle un retour capable de la plonger dans la plus sombre tristesse. Après quelques heures de marche, Victor enrôlé volontaire, faisait déjà partie des troupes insurrectionnées.

Le premier mouvement qui eut lieu dans la Vendée arriva à Bressuire le 24 août 1792. Delouchel maire de cette ville homme ferme et courageux se rendit chef d'un rassemblement pour s'opposer à l'exécution d'une mesure trop rigoureuse. Malgré tous ses efforts il fut obligé de sortir de la ville. Pour venger ce revers il ordonna qu'on sonnât le tocsin dans la campagne. Il y rassembla quinze mille paysans, d'après l'avis de Baudry, courut sur Châtillon, prit la ville et brûla les papiers du district; de là on se porta sur Bressuire, mais la victoire ne favorisa pas une pareille entreprise car les Vendéens perdirent 500 soldats tandis que les gardes-nationales n'en perdirent que trente.

La levée des trois cents mille hommes donna lieu a une autre insurrection. Le district de Bressuire veut opérer la levée ordonnée. Les jeunes gens se retirent dans l'épaisseur des bois et la commune de Challans et quelques autres prennent les armes; mais privées d'un chef expérimenté, mal armées et n'ayant pour se défendre qu'une fougue souvent déréglée ces troupes sont battues et mises en fuite.

Le 10 mars 1793 le même mouvement produit par la même cause eut lieu avec plus de succès à Saint-Florent-le-vieux. Les administrateurs et les gendarmes furent chassés de la ville par les insurgés qui, aidés enfin par Jacques-Cathelineau, surent ce que c'était qu'une victoire. Les Républicains sont faits prisonniers, on s'empare de leurs fusils, d'une pièce de canon, et de Jallais, on marche sur Chemillé où le succès le plus complet couronne l'intrépidité des paysans. Cathelineau se trouve à la tête de trois mille hommes; deux jours après, Stofflet le joint avec deux mille soldats et Forêt avec sept cents, tous animés du plus grand courage.

Le 15 mars, ces trois chefs intrépides se dirigent sur Chollet que défendait une nombreuse artillerie, une attaque vigoureuse eut lieu et les républicains écrasés par une prompte défaite perdirent beaucoup de gens quatre pièces de canon, six cents fusils et plusieurs barils de poudre, le lendemain les vainqueurs se dirigèrent sur Vihiers où la victoire couronna de nouveau leurs efforts. L'insurrection s'étendit de la Sèvre jusqu'à la mer. D'autres chefs formèrent des rassemblemens et menacèrent d'envahir Nantes, les Sables, Niort et les autres villes, mais n'agissant pas de concert, ils éprouvèrent d'abord plus de revers que de succès. Enfin une utile harmonie vint présider parmi eux, ce qui doubla leurs forces en aidant leur courage. La Roche-Saint-André, Paigné, Bertaut et autres se présentèrent à la tête d'une armée devant les portes de Machecoul. Maupassant, le commandant de la garnison, voulut se défendre ; il fut tué aux premiers coups de feu qui furent tirés, les soldats prirent la fuite. Les insurgés furieux massacrèrent tout ce qui se présenta devant eux.

L'armée victorieuse marche ensuite sur le Pornic, s'en empare, et s'enivre de joie. Le

Pornic est repris par cette imprudence et les Vendéens perdent même trois cents hommes. De là ils vont se poster au château habité par Charrette de la Conterie ancien lieutenant de vaisseau; on lui offre le commandement de l'armée, il le refuse; on insiste, il se fâche. Enfin après une longue hésitation il se lève brusquement et d'une voix forte et émue: on veut, dit-il, que j'arbore le drapeau blanc : Eh! bien, soit: mais, je le jure à la face du ciel, malheur ! cent fois malheur ! à celui qui trahira cette bannière : pour moi je ne l'abandonnerai qu'à mon dernier soupir. Ensuite il organise ses troupes, un état-major est formé. Il s'entoure de bons et courageux officiers et peu de jours après il marche sur le Pornic, il surprend cette ville, il s'en empare et fait main-basse sur trois pièces de canon. Sa figure guerrière sa fierté imposante et noble, la vigeur de ses harangues lui font rapidement une immense réputation, et ses rivaux, comme entraînés par un pouvoir irrésistible, obéissent à la moindre de ses volontés. Pour comble d'honneur et en signe honorable de la confiance qu'il inspirait, on l'investit du titre de généralissime de la Vendée inférieure.

Justement inquiet et alarmé de l'influence de Charrette, le Gouvernement enjoint au général la Bourdonnaye de former une armée de quarante mille hommes d'infanterie, de dix mille cavaliers et un parc de trente pièces de canons. Cette levée fut opérée et le commandement de ces troupes fut confié partiellement à des chefs sur lesquels les Républicains avaient lieu de compter. Dans plusieurs petits combats qui se livrèrent, les succès et les revers furent partagés mais à compter les pertes, l'avantage fut du côté des Vendéens qui même dans la défaite auraient pu s'attribuer quelque honneur, n'ayant pour se défendre que des corps mal organisés, peu faits aux fatigues de la guerre et armés irrégulièrement.

Vainqueurs à Chemillé les insurgés manquèrent enfin de munitions; alors, trop faibles pour résister utilement, ils se retirent à Beaupréau ensuite sur Tiffanges. La Roche-Jaquelin était au château de Clisson. Après quelques refus de sa part, on lui fait enfin accepter de se mettre à la tête des insurgés. Bientôt nous le suivrons dans l'arène. Sa bouillante audace mettra sur son front les palmes les plus belles. Ce jeune héros compte parmi les cœurs les plus magnanimes de la Vendée. *Tout pour l'honneur, tout pour la gloire!* telle était sa devise. Avec de pareils sentimens la postérité serait bien ingrate si on ne volait pas à l'immortalité.

Victor dont nous n'avons pas encore parlé depuis que son amour pour la gloire l'a entraîné loin de ses plus douces affections, avait, en débutant, déployé l'énergie la plus

audacieuse et la magnanimité la plus admirable. Un seul trait suffira pour le prouver
au lecteur. Son capitaine lui avait confié un
certain jour des papiers importans et pour
les faire arriver à leur destination il fallait
qu'il passât par un bois épais. Notre jeune
soldat marche avec assurance espérant ne
rencontrer aucun obstacle. A quelque distance du camp qu'il venait de quitter il est
assailli par deux républicains qui, ne se
trompant pas sur le genre de mission qu'il
remplissait, fondent sur lui avec impétuosité.
Victor dont le sang-froid était incroyable
saisit son large sabre et d'un premier coup
frappé avec violence, terrasse victorieusement
l'un des assaillants, l'autre veut prendre la
fuite, Victor l'atteint et voyant à ses pieds
cet homme qui quelques instans avant
avait été si téméraire il se contenta de le dé-
sarmer complètement aimant mieux lui laisser la vie que d'en venir aux mains avec un

lâche. Seulement d'un ton ironique et fier :
retourne, dit-il, chez les tiens avec ton cama-
rade qui maintenant a tant besoin de ton
appui, va leur demander d'autres armes, ils
en doiventfà ta bravoure; quant à moi, je
garde les tiennes; comme ta lâcheté méritait
la mort, tu vois que je te traite en ami et
que tu ne perds pas à ce marché.

Nous pourrions citer d'autres faits isolés
et presque perdus dans l'histoire qui prou-
veraient combien Victor était brave et dé-
voué à la sainte cause de son pays, mais nous
dépasserions les limites que nous nous sommes prescrites et pour l'intérêt et la gloire
d'un seul nous n'atteindrions pas le but que
nous nous sommes proposé, et qui consiste
à tracer en peu de mots et généralement
l'histoire des guerres de la Vendée. Pourtant
nous reviendrons légèrement sur le compte
de ce jeune et brave soldat, puisque d'après

notre plan il est un héros accessoire de cet ouvrage.

Profitant d'une légère suspension d'armes qui intervint, les chefs des insurgés disciplinèrent leurs troupes énorgueillies par mille petits succès et leur apprirent à exécuter sans confusion et avec une méthode précise des évolutions quelquefois si importantes. Le repos ne fut pas long, car au bout de quelques jours les hostilités recommencèrent. Vihiers, Chollet et Coron avaient presque toujours été le théâtre de leurs combats et c'est aussi de ce côté que repartirent les premiers coups. Bonchamps, chef d'une armée assez forte occupe Chollet et ensuite presse avec vigueur Ligonnier qui déjà vaincu plusieurs fois et trop faible pour résister s'enfuit vers Doué. Comme un renfort lui devenait absolument nécessaire il mande à Quétineau de venir à son aide avec le corps d'armée qu'il commandait. Ce dernier animé de bonnes intentions sans doute et pour montrer tout le zèle qui l'entraînait ose pour arriver plus vîte traverser le pays ennemi. Arrivé sur les Aubiers, sa colonne est attaquée à l'improviste par une troupe de rebelles. C'est sur ce terrain que La Roche-Jaquelin fit ses premières armes. Avant d'en venir aux prises avec l'ennemi il se fit entourer de ses soldats et leur adressa ces paroles célèbres : Mes amis, je suis bien jeune il est vrai, mais néanmoins comptez toujours sur mon courage, si je recule, tuez-moi, si j'avance, suivez-moi, si je meurs, vengez-moi. Électrisés par ces nobles paroles, les insurgés fondent comme un torrent rapide sur l'armée de Quetineau. Celui-ci qui ne s'attendait pas à une semblable attaque se trouble et son sang froid l'abandonne; ramassant bientôt ses idées et s'armant de son intrépide courage il se bat en soldat, se multiplie agit du brat, de la tête et du cœur;

mais tous ses généreux efforts deviennent inutiles, la confusion se met dans les rangs qu'il commande, sa voix, sa mâle voix n'est plus entendue, la déroute devient générale. Les fuyards se précipitent sur Bressuire pour y trouver un favorable abri et les Vendéens maîtres de la place se livrent à la joie la plus complète et font retentir les airs de leurs chansons triomphales.

Cette victoire doubla leur audace et leur orgueil et fut le brillant début de ces exploits qui plus tard ont porté si haut la gloire de la Vendée.

Quétineau qui s'était réfugié à Bressuire, ville ouverte et sans défense, prit conseil de sa prudence et trouvant ce poste trop faible se dirigea vers Thouars, ville bâtie sur une colline, presque entourée de la rivière du Thoué et qui lui présentait un refuge bien plus certain. A cette nouvelle, l'armée vendéenne qui venait d'obtenir un renfort de

dix mille hommes s'empare de Bressuire,
fait succomber Argenton sous ses efforts,
massacre une partie des troupes qui tenaient
garnison et dans sa marche victorieuse s'a-
vance fièrement vers Thouars. Elle avait à
sa tête Bonchamps, d'Elbée, La Roche-Jaquelin et l'intrépide Lescures tant aimé de tous
les soldats. Les deux armées se trouvent en
présence. Pour que les nsurgés ne pussent
pas l'atteindre, Quetineau avait fait abattre
deux ponts. Mais malheureusement pour lui
cet obstacle fut facile à surmonter. Bonchamps
que rien n'arrêtait traversa la rivière à la
nage avec sa cavalerie tandis que son infanterie se pratiquait une issue à travers un gué
situé au-dessous du village de Vérine. Il
fallut enfin se battre. Cette fois-ci Quetineau
avait gardé tout son sang froid qui lui servit
à bien disposer tous ses moyens de défense.
Le combat s'engagea avec un acharnement
réciproque, la lutte fut longue et meurtrière,

et la victoire flotta indécise entre les deux partis. Enfin Bonchamps qui se lassait d'une résistance aussi opiniâtre, et dont les troupes étaient déployées en lignes imposantes leur fait opérer un mouvement en figure de demi cercle pour envelopper les Républicains Ceux-ci, pressés de tous côtés, luttent encore quelque temps en effectuant une retraite; mais, poursuivis par les insurgés victorieux, ils ne trouvent leur salut que dans les remparts de la ville. Leur chef pendant toute l'action avait déployé un courage admiré même par l'ennemi; et, pour le salut et la gloire de ses troupes, avait usé de tous les moyens qui caractérisent un bon et intrépide général; mais quand il se vit trahi par la victoire, lorsqu'il vit ses soldats écrasés et consternés par ce revers, ne chercher leur sûreté que dans la fuite, alors sa présence d'esprit l'abandonna; un subit découragement s'empara de son âme et dans le trouble

2 *

où il était plongé , au lieu de s'avancer avec ses débris sur Loudun et sur Poitiers, il se renferma dans la ville qui au bout de quelques heures fut emportée d'assaut. Le général, l'armée, l'artillerie et toutes les munitions de guerre devinrent la proie du vainqueur.

On a cru pendant quelque temps que le général Quetiueau avait dans ce combat trahi son pays, entraîné par l'appât du gain ou par le désir de renverser la république mais sa conduite et ses discours lorsqu'il revint à Paris prouvèrent assez combien cet odieux soupçon était injuste;une raison claire et évidente de sa défaite et qui le rend innocent aux yeux de ceux qui d'abord l'avaient condamné c'est qu'il se battait contre une armée bien plus forte que la sienne, qu'il avait à lutter seul contre plusieurs chefs aussi habiles et aussi braves que lui, et qu'il commandait des soldats déjà découragés par plu, sieurs défaites essuyées successivement les unes après les autres. Disons avec ceux qui ont éprouvé le caprice de la victoire et qui ont passé quelques années dans les camps, qu'il est facile de se troubler lorsqu'un ennemi puissant vous environne de tous côtés et lorsque par suite de ce trouble on commet une imprudence même bien grande, on ne doit pas impitoyablement en attribuer les effets à la lâche trahison. Souvent hélas le vaincu a dans l'âme de plus nobles sentimens que le vainqueur.

Dans la Basse-Vendée les succès des rebelles étaient loin d'être aussi éclatans. Charette avait à lutter contre une armée nombreuse et redoutable. La prise de Machecoul fut sa seule victoire, victoire hideuse et déshonorante, victoire qui ne valait pas une défaite puisqu'elle fut salie par les massacres les plus horribles et les cruautés les plus incroyables. Tous les prisonniers furent passés au fil de l'épée et les pères de famille désarmés, furent égorgés sans qu'il pussent même opposer la plus faible résistance. Si le tableau d'une guerre civile est toujours pénible à tracer même quand une belle bravoure préside à la forme du combat, de combien d'horreur n'est-on pas saisi quand on voit les sentimens belliqueux se convertir en rage et les vainqueurs, pour qui il serait si doux et si glorieux de pardonner, devenir les bourreaux ou les assassins de leurs frères.

Charette paralysé par des forces qu'il lui était impossible de combattre, appela à son secours les vainqueurs de Thouars, qui aussitôt prirent la route de Parthenay dont ils se rendirent facilement les maîtres. Quatre mille Républicains, qui osèrent s'opposer à leur passage devant la Châtaigneraie, furent complètement battus et mis en déroute ; de là les insurgés s'élancèrent sur Fontenay. Les Républicains pour se venger des revers de la veille leur livrèrent un combat sanglant et opiniâtre d'où à leur tour ils sortirent victorieux. Si cette bataille gagnée flatta leur orgueil tant de fois abattu, elle ne fit que réveiller et augmenter le courage des Vendéens qui bientôt surent faire disparaître cette petite tache de leur bannière.

Bonchamps et les autres chefs qui ne lui cédaient en rien en valeur et en prudence reparurent sous les murs de Fontenay. L'attaque fut violente, le choc terrible, enfin la ville fut emportée. Les Vendéens s'y précipitèrent avec cet élan furieux que donne une difficile victoire, et l'artillerie et les munitions furent en un instant le fruit de leurs vigoureux efforts.

Les exploits répétés de l'armée insurgée, et surtout la prise de Fontenay répandit l'épouvante dans la capitale. On ne savait à quel avis se rendre et quels projets former. Comme la ville de Niort était attaquée et que par là les plus grands dangers pouvaient menacer la France, la Convention envoya ses grenadiers, corps d'élite, pour arrêter les funestes conquêtes des rebelles ou du moins pour leur interdire l'occupation de Niort; l'évenement prouva qu'elle avait eu raison de s'en tenir à cette résolution. Ces grenadiers assez nombreux pour se diviser sans s'affaiblir, eurent l'adresse d'occuper l'ennemi sur plusieurs points ce qui donna à la ville de Niort le temps de se mettre dans un vigoureux état de défense. Les chefs des rebelles décidèrent en conseil qu'ils se porteraient tous sur les pays attaqués. Le rendez-vous général fut donné à Châtillon.

Quelques jours après, 50,000 hommes sortirent de cette ville ayant à leur tête les généraux les plus habiles, et exécutèrent leur marche sur Doué. Ligonnier voyant avancer vers lui un torrent si impétueux demanda des secours à l'armée patriote pour opposer

une digue au débordemeut qu'il prévoyait,
mais il se repentit bientôt de sa témérité et
de sa promptitude. A peine lui laissa-t-on
l'honneur de combattre quelques instans ; sa
défaite fut complète et des pertes nombreuses et de tout genre lui apprirent combien il
était imprudent de sa battre avant d'avoir
combiné son attaque et ses moyens de défense.

Que le lecteur ne s'étonne pas de ces victoires successives remportées par les Vendéens. Si leur première entrée dans l'arêne
fut marquée par quelques revers ou si leurs
premiers exploits n'eurent par ce reflet brillant qui les embellit plus tard, c'est que ne
connaissant pas le métier de la guerre, se
battant avec confusion et avec des armes ou
trop lourdes, ou trop peu offensives, ils n'a-
vaient pour se soutenir que leur courage ;
mais disciplinés de jour en jour, riches de
munitions qui devenaient le prix de chaque

conquête, enhardis à des combats d'où ils sortaient presque toujours vainqueurs, ils avaient fini par devenir une armée aussi formidable que nombreuse.

Les rebelles quittent Doué et s'avancent vers Saumur, ville située favorablement pour se défendre et qui alors renfermait dans son sein une assez nombreuse garnison. Cette garnison se composait de quelques bataillons de Paris et de quelques troupes de ligne qui, n'ayant jamais combattu les Vendéens, et croyant qu'on exagérait leur audace et leur bravoure, brûlaient d'en venir aux mains avec eux. Ces soldats avaient à la vérité à leur tête quelques bons généraux, mais la plupart de ces chefs dont le talent aurait pu alors leur être si précieux et si utile s'étaient énervés dans le club des Jacobins et étaient plus propres à prêcher le fanatisme à un crédule et aveugle auditoire qu'à payer sur un champ de bataille de leur bravoure et de leur prudence.

Les Républicains voyant l'orage qui les menaçait et apercevant au loin l'armée formidable des insurgés, rappelèrent au secours de la ville la division du général Salomon. Les Vendéens qu'on avait instruits de cette marche, envoyèrent sur Montreuil une partie de leurs troupes tandis que le reste se dirigea vers Saumur. Par une méprise funeste, où soit que les espions de Salomon se fussent vendus, ce général fut surpris par la colonne des rebelles et, après un combat inégal, se replia sur Thouars après avoir laissé sur la place la moitié de ses soldats.

Cependant l'attaque était meurtrière sous les murailles de Saumur. Comme l'avantage de la position était du côté des Républicains, les troupes vendéennes furent plusieurs fois repoussées malgré leur vigoureuse défense. Ce revers d'un moment ne fit qu'accroître leur fureur et leur courage. Voulant enfin que la victoire se décidât en leur faveur, elles se précipitèrent avec un aveugle acharnement sur des pièces de canon dont elles s'emparèrent. Les rangs des patriotes furent brisés par les plus violentes secousses. Pour réparer ces funestes brèches, un escadron de cuirassiers se précipite avec rage sur les Vendéens, mais l'intrépide Domagné l'attaque par les deux flancs et les cavaliers tout honteux sur leur chevaux hennissans, sont à leur tour obligés de prendre la fuite. La nouvelle de la victoire de Montreuil arrive aux oreilles des insurgés; ce succès rajeunit leurs forces, ils recommencent la charge avec une nouvelle rage. Les Républicains, cette fois, sont mis en déroute et gagnent Saumur avec la précipitation d'un troupeau de fuyards qui ne trouve son salut que dans la retraite; mais la ville est aussitôt emportée.

En jetant un voile sur les horreurs que

toujours étale aux regards une guerre civile, il était beau de voir les Vendéens armés de bâtons ferrés braver la mitraille et s'avancer sans impulsion et sans contrainte sur des bouches de canon qui vomissaient la mort de tous côtés. Il était beau de les considérer, opposant leurs poitrines à mille feux et de les entendre s'animer par des propos de gloire. Peu de batailles ont été aussi sanglantes; les chefs Vendéens s'y couvrirent de gloire. Lescures qui marchait au pas de charge vers l'ennemi, y fut grièvement blessé, et le valeureux Martigné, dont le regard seul faisait trembler les Républicains, reçut un coup mortel en chassant l'escadron des cuirassiers. La Roche-Jaquelin, son noble émule, entraîné par son bouillant courage, entra dans Saumur et mit le pied sur la grande place accompagné d'un seul officier.

Qui pourrait refuser son admiration à

d'aussi héroïques exploits? qui pourrait ne pas applaudir à un si noble élan et à ce courage surhumain qui défie le trépas et qui, pour ainsi dire, le force de reculer? oh! soyez immortels à jamais modernes Léonidas, vous à qui il ne manqua pour que votre gloire n'eût rien à envier que de combattre l'étranger qui alors cherchait à envahir la France.

Cette victoire valut aux Vendéens les plus grands avantages et éleva leur renommée au plus haut point de splendeur.

Angers et toutes les autres villes situées sur la Loire, ouvrirent leurs portes à l'armée victorieuse. Dans sa rapide marche elle allait envahir toutes les parties occidentales de la France si Nantes ne lui eût pas opposé un rempart contre lequel tous ses efforts échouèrent. Les rebelles se précipitèrent sur cette ville avec cette assurance que donnent des triomphes répétés et l'importance qu'ils attachaient à la prise de cette place leur avait fait déployer tout ce qu'ils avaient de courage et de force pour venir à bout de cette difficultueuse entreprise. Mais grâce au sage Canclaux , général expérimenté et dont le jugement ne se trompait presque jamais , les ennemis furent détournés de leur position par d'autres intérêts qu'on sut leur créer ailleurs , ce qui préserva peut-être la ville d'une invasion dont l'issue aurait été si préjudiciable à la France.

Après le fameux combat de Saumur, le brave Lescures qui, comme nous l'avons dit plus haut y avait reçu une blessure , s'était retiré à sa terre de Clisson. De nouveaux mouvemens auxquels il avait du prendre une part active lui avaient fait oublier son mal , et il s'était transporté au lieu du danger. Comme le courage n'a pas toujours sa récompense il fut battu plusieurs fois par le général Westermann qui, surtout à Parthenay, où il s'était réfugié, l'attaqua sans qu'il s'y attendît au milieu de la nuit et le fit sortir de cette ville sans qu'il pût opposer la moindre résistance. Westermann enorgueilli d'un pareil succès, qu'il devait plutôt à son stratagême qu'à sa bravoure, crut que partout la victoire lui sourirait et que chaque chemin lui offrirait une moisson de lauriers. Il s'avança vers Châtillon où Lescures l'attendait avec six mille hommes. La lutte s'engagea sur une hauteur appelée *le Bois du Moulin aux Chèvres*. Les Vendéens se battirent toujours avec le même courage et regagnaient à chaque instant le terrain qu'on venait de leur enlever. Forcés enfin de céder au nombre et à l'excès de leurs fatigues qui étaient presque continuelles, ils se retirèrent vaincus et laissèrent au général Westermann un libre passage pour pénétrer dans la ville. Le vainqueur Républicain y entra entouré de tous les signes de la victoire;

et croyant que ses triomphes iraient toujours en croissant, sa prudence s'endormit à
un tel point, que sans reprendre haleine il se
mit à rêver d'autres exploits qu'il regardait
comme certains. C'est vainement qu'on lui
représenta que dans les circonstances ac-
tuelles, au lieu de songer à attaquer les au-
autres il fallait songer à se défendre soi-mê-
me, et que La Roche-Jaquelin venait le
surprendre avec de fortes troupes. Il négli-
gea ces avis et rit de ces craintes qu'il regar-
da comme illusoires.

Cependant le chef des révoltés s'avançait
d'un pas rapide et déjà le canon se faisait
entendre. C'est lorsque le mal fut sans remède
que le général Républicain comprit le danger
où venait de l'engager son insouciance. La
Roche-Jaquelin, sans lui donner le temps de
se mettre en défense et voulant venger sur
lui la défaite de Lescures, fond sur son armée qui n'a pas encore saisi ses armes, et

l'épée en main il fait battre le pas de charge. Alors le carnage devient immense. Westerman avec les tristes débris de son armée est obligé d'évacuer la ville ; il s'éloigne en frémissant, comprenant, mais trop tard, que ee n'est pas vaincre que de ne pas savoir user de la victoire. Lui qui la veille était entré vainqueur dans Châtillon, fut contraint d'en sortir avec toute la honte attachée à une défaite complète, et ne dut le salut de ses jours qu'à la fougeuse vîtesse de son cheval.

Ainsi se termina une entreprise où avait présidé la légèreté et qui coûta tant de sang aux deux armées.

Avant de décrire la suite de cette campagne dans la Basse-Vendée, nous allons remplir la promesse que nous avons faite au lecteur de lui dire un mot de Victor. Nous avons déjà dit qu'il était né avec un caractère bouillant et intrépide ; de plus il était doué d'une intelligence rare qui ne fut pas longue à se faire remarquer ; ces avantages lui valurent en peu de temps le grade de sous-lieutenant, tout en lui conciliant l'estime de ses chefs supérieurs et l'amitié de ceux avec qui il avait fait ses premières armes en qualité de simple soldat. Ses idées de gloire n'étouffaient pas en lui son amour pour Rose, mais fidèle à son pays autant qu'à son amante, il avait trouvé le moyen de lui faire parvenir une lettre, où en lui dépeignant toute sa tendresse, il lui assurait pourtant qu'il ne revolerait dans ses bras que lorsque les hostilités seraient terminées et que la cause qu'il avait religieusement embrassée n'aurait plus besoin de son bras et de son courage. Toujours fidèle à son poste, fougueux à propos, tranquille lorsque l'état des choses le demandait il se faisait admirer chaque jour : plus d'une fois même ses avis prévalurent dans un moment décisif. Plusieurs actions

3 *

d'éclat l'avaient déjà illustré et souvent le salut de la compagnie qu'il commandait avait dépendu ou de son sang-froid ou de sa prudence.

Comme la guerre civile n'a pas encore éteint ses horribles flambeaux dans la Vendée et que beaucoup de sang, hélas! doit être encore répandu, nous allons poursuivre le cours de notre récit et laisser Victor se dévouer à son pays et braver mille dangers. Une grande scène va s'ouvrir devant nos yeux, nous y verrons mieux que dans la première partie de cet ouvrage tous les maux que peut enfanter le fanatisme révolutionnaire, et nous gémirons sur les lamentables effets que produisent toujours les combats lorsqu'une nation se divise et dirige ses armes contre elle-même, au lieu d'attaquer unanimement et de concert un ennemi commun. Puisse le ciel ne faire plus peser désormais ce fléau sur notre pauvre France et de leur côté puissent les Français comprendre enfin qu'il n'est point de gloire pour un peuple lorsqu'il s'entre-égorge et se porte le coup mortel de ses propres mains !

La campagne de 1795 se poursuivait dans la Basse-Vendée, et le succès couronnait également les efforts des insurgés. Plus d'une fois, Charette avait fait sentir aux bataillons républicains ce que valaient son bras et sa prudence, mais ceux-ci ne se sentaient pas découragés et aucune de leurs places importantes n'avait été prise encore. Le chef Vendéen jaloux de mériter ce titre, et cherchant une arène digne de lui, crut la trouver auprès de la ville des Sables. Il en fit donc l'attaque, mais tous ses efforts furent inutiles. La garnison nombreuse et imposante le repoussa si bien qu'il se vit forcé de lever le siége ; furieux d'un revers auquel il était bien éloigné de s'attendre , il résolut d'attaquer les troupes républicaines campées à

Luçon. La situation de cette ville n'en rendait pas l'abord facile. Charette le comprit
si bien qu'il demanda du secours aux armées
voisines. Sapineau et La Roche-Jaquelin se
mirent en marche pour le joindre et bientôt
le combat s'engagea ; l'attaque fut violente
et le choc terrible des deux côtés. Charette
enfonça l'aile qu'on lui opposait et la victoire
lui paraissait certaine lorsqu'un puissant
renfort arrivant à l'ennemi fit changer subi-
tement l'état des choses. Ces troupes auxiliaires attaquent de flanc les Vendéens tandis que de face la mitraille fait d'immenses
brêches dans leurs rangs. Les insurgés que
consterne cette attaque inattendue se troublent, doutent de leur courage, et d'eux-
mêmes se mettent en déroute. L'orgueil de
Charette en fut écrasé et attribuant à la ja-
lousie de ses collègues une défaite qui n'était
que l'effet d'un combat inégal, il se retira

en leur gardant une haine et un mépris qui ne s'éteignirent jamais en lui.

Presque sur tous les points les Vendéens étaient vaincus. Châtillon, Saumur, Angers et toutes les autres villes conquises par les révoltés étaient au pouvoir des Républicains. Bonchamps, le brava Bonchamps luttait toujours contre eux mais toujours était repoussé par le nombre. La Roche-Jaquelin, d'Elbée et Lescures rassemblent un corps d'armée formé des plus braves de leurs troupes et courent à l'ennemi qui s'était avancé jusqu'à Martigné-Briand. La fusillade se fait entendre ; on s'attendait de part et d'autre à un combat opiniâtre, lorsque les Vendéens exténués de chaleur et de soif, furent les premiers à se retirer ; aussi nous ne placerons pas ce commencement d'attaque au nombre des combats que si souvent se livrèrent les deux armées. Les insurgés allèrent prendre poste à Vihiers et La Roche-Jaquelin et les autres chefs allèrent rejoindre Charette sur les bords de la Sèvre pour combiner avec lui les moyens de réparer la défaite de Luçon.

Leur départ imprudent n'avait pas échappé à la vigilance de l'ennemi. Les Républicains qui savaient que les capitaines étaient l'ame d'une armée, profitent de leur absence pour fondre avec impétuosité sur les Vendéens ; investis de tous côtés sans s'y attendre, ces derniers regardaient leur perte comme assurée, lorsque Kesler, Allemand intrépide, s'empare du commandement, ses yeux lancent un feu qui se communique dans le cœur de ses camarades, et la peur que tous alors foulent aux pieds, est remplacée par l'orgueil de se battre sans chef. Alors, avec des hurlemens de fureur, ils inondent comme un vaste torrent les colonnes républicaines. L'ennemi ne s'attendait pas à trouver autant de courage dans une armée dépourvue de ses chefs; il en est ébranlé. En vain l'amour-propre, que surtout il met en jeu, veut tenter d'habiles manœuvres; tous ses efforts sont impuissans et le carnage et la déroute sont complets.

Dix pièces de canon, tous les caissons de poudre et la plus grande partie des bagages tombèrent au pouvoir des vainqueurs. Cette victoire est une des plus brillantes qu'aient jamais remporté les insurgés. Il est rare, en effet, de voir tant de spontanéité dans le courage, tant d'harmonie dans l'attaque, tant d'audace dans l'entreprise. Il n'en était pas ainsi dans l'armée de Charette qui attaquant de nouveau Luçon fut repoussé avec des pertes considérables; de nouveaux secours lui devenaient nécessaires. D'Elbée et La Roche-Jaquelin font jonction avec lui et après quelques jours de marche ils se trouvent en présence de l'ennemi posté à Chantonnay. Les Républicains qui plusieures fois avaient

eu le dessus en combattant Charette regardè-
rent ce triomphe facile, cette confiance occa-
sionna leur perte. Les fuyards de Luçon
retrouvèrent sur ce champ de bataille leur
première valeur et la plus belle victoire couronna leurs efforts.

Pendant que Chantonnay était le théâtre
d'un combat sanglant, Lescures de son
côté tourmentait continuellement les adver-
versaires et échangeait avec eux les revers et
les succès.

Cependant ces triomphes et ces défaites
dans les deux armées reculaient toujours le
règne de la paix et la guerre civile semblait
ne devoir jamais s'éteindre. Les représentans
du peuple près l'armée de l'Ouest, voulant
mettre un terme à ces fureurs intestines ré-
solurent d'opposer aux révoltés une masse
imposante de troupes. A cet effet ils opérè-
rent dans tous les départemens voisins une
levée 60,000 hommes, depuis dix-huit jusqu'a

cinquante ans, et firent avancer ces troupes vers Thouars. Cette mesure devint tout-à-fait inutile et ce nombre de combattans mal armés et qui n'avaient jamais vu la face d'un combat ne servit qu'à gêner les Républicains qui en petit nombre avaient tant de fois été vainqueurs.

Lescures loin de s'effrayer d'une levée aussi considérable ose lutter contre elle avec un corps de deux mille hommes. Par un plan aussi ingénieux qu'adroit il porte sa colonne sur Airvault. Le général Rey chef de l'armée patriote, dirige ses forces de ce côté, persuadé que l'attaque doit avoir lieu sur le terrain qu'occupe Lescures. Mais celui-ci, profitant de cette méprise qui était l'heureux fruit de sa combinaison se replie aussitôt sur Thouars et sans l'entêtement des Vendéens pour un préjugé qui leur défendait d'entreprendre un combat pendant la nuit, la ville était au pouvoir des insurgés. Lescures campe toute la nuit; au lever de l'aurore il crie aux armes ! en un clin d'œil les Vendéens sont sur pied; on emporte en une heure le pont de Vérine ; d'innombrables fuyards couvrent la plaine et sans la sagesse du général Rey qui, averti heureusement la veille, se présente avec une forte division de troupes réglées, Thouars allait de nouveau devenir la proie des vainqueurs. Le chef des Vendéens voyant qu'il était inutile de résister plus longtemps, se retira avec sa petite armée victorieuse qui n'avait perdu que quelques hommes et un canon, et opéra la seule retraite passable qu'on ait vue chez eux.

Des succès aussi beaux et aussi inattendus flattaient, on le pense bien, l'orgueil des Vendéens et ceux qui, s'adonnant à l'étude de l'histoire, lisent ces pages immortelles que nos bons auteurs ont rempli des exploits héroïques de ces vaillants insurgés, comprennent aisément qu'aucune autre puissance n'aurait pu les vaincre. S'ils succombèrent enfin, ils le dûrent à l'énergie et à la constance que déploya toujours la France pour tuer un à un ces invincibles soldats. En effet, lorsque par des efforts qui tenaient du miracle, une poignée de Vendéens écrasait une nombreuse colonne républicaine, tout en faisant de son côté quelques petites pertes toujours inséparables de la victoire ; 10,000 têtes abattues en faisaient surgir 20,000 qui, abattues à leur tour, donnaient naissance à de plus nombreuses encore. Il fallait donc que les braves Vendéens qui, après tout, n'étaient que des hommes, tombassent enfin sous l'effort d'une armée gigantesque qui avait pour réparer ses défaites et ses sanglantes brèches presque le concours unanime de toute la France. Mais que les enfans Vendéens en lisant l'histoire de ces guerres se consolent de la chûte de leurs pères, car elle est glorieuse et ce n'est pas être vaincu que de succomber sous un poids auquel il est impossible de résister.

Un événement qui d'abord semblait ne pas intéresser la Vendée fut le premier coup mortel qui lui fut dirigé. Mayence et Valenciennes venaient de se rendre à l'ennemi. La Convention décréta que ces troupes s'avanceraient vers les rebelles pour les combattre. Vingt-cinq bataillons formés de l'armée du Nord furent annexés à ces deux garnisons. Ces troupes bien disciplinées et bien armées devaient se diviser pour attaquer les divers points qu'occupait l'armée vendéenne et rien ne devait, à leur avis, résister à leur bravoure et à leur expérience militaire. Un nombre assez considérable d'obusiers irait par une attaque inconnue aux insurgés ébranler leur persévérance et mettre l'effroi dans leurs rangs.

De semblables dispositions auraient entraîné infailliblement la perte de la Vendée

.si toutes ces manœuvres si parfaitement com-
binées avaient pu s'exécuter en même temps.
Cependant l'armée patriote opéra sa marche
contre Charette qui n'ayant jamais eu des
ennemis aussi formidables à combattre fut
vaincu et mis en déroute dans trois reprises
différentes. Dépourvu de toute son artillerie
il fut obligé de fuir enfin son territoire avec
12,000 soldats fatigués et découragés par le
coup terrible qui venait de les accabler.
Mais ce chef habile ne se déconcerte pas,
il se dirige avec vitesse sur la Haute-Vendée, et se postant à Tiffanges, il envoie des
courriers les uns sur les autres au conseil
général pour demander des troupes et des
munitions.

Aussitôt, Lescures, d'Elbée et La Roche-
Jaquelin volent à son secours avec 50,000
hommes. Arrivés dans le camp, ils appren-
nent que les Mayençais, sous la conduite de
Kléber, sont campés à Torfou. On se met en

marche pour les atteindre et bientôt les deux armées se trouvent en présence. C'est en de pareilles circonstances que des soldats faits an métier de la guerre valent mieux que le nombre. Les Mayençais commencent le feu avec un ordre admirable, on leur répond avec vigueur, mais leur aspect imposant et leurs colonnes immobiles comme des murailles désespèrent les rebelles qui en grande partie prennent la fuite. C'en était fait de la Vendée si Lescures, dont les prudentes combinaisons pesaient toutes les conséquences de cette journée, n'eût pas déployé toute son énergie et tout son art. Aidé de quelques généraux qui imitent son exemple, il descend de son cheval, s'arme d'un fusil qu'il arrache des mains pusillanimes d'un fuyard et d'une voix électrique et sonore commande impérieusement le pas de charge. L'effet de cette sublime improvisation fut magique. Les Vendéens revinrent à leurs rangs et tous, comme des tigres affamés qui s'élancent sur leur proie, ils fondirent sur les Mayençais qu'étonna d'abord cet élan improvisé. Le choc des rebelles fut si terrible que les Républicains furent forcés de battre en retraite. Mais d'instans en instans ils montraient que leur pas rétrogressif n'était pas une fuite car en se retournant soudain ils dévoraient par la mitraille des files entières à l'ennemi. Pourtant malgré leur incroyable ardeur et l'ordre savant qu'ils mettaient à se battre, l'avantage ne fut pas de leur côté. Cette bataillle célèbre leur coûta beaucoup de sang et la perte de beaucoup de munitions, et ce revers auquel la Convention était bien éloignée de s'attendre la fit désespérer de vaincre les rebelles.

L'armée victorieuse vint le soir coucher à Tiffanges. Les chefs y tinrent conseil sur l'urgence de détruire à force de batailles les troupes Mayençaises dont la bonne tenue et la bravoure pouvait plus tard entraîner la ruine de la Vendée. Lescures surtout dont les prévisions étaient toujours sages et vraies, insista pour exécuter promptement ce projet qui, à son avis, pouvait seul les sauver. Pour que le succès ne fût pas douteux, on envoya à Bonchamps qui était resté près de Chollet un renfort de 8,000 hommes, en lui mandant de se diriger vers Clisson et de prendre en queue les Mayençais pendant qu'eux mêmes de leur côté les attaqueraient en tête, avec toutes leurs troupes réunies.

Si ce plan eut été exécuté toute la bravoure des Mayençais eût été inutile et leur armée eût été entièrement détruite; mais il ne devait pas en être ainsi.

Tandis qu'on se préparait à cette expédition avec la plus grande activité, Charette qui devait en faire partie reçut par un courrier une nouvelle qui vint déranger d'aussi favorables dispositions. Il apprit que les Républicains avaient envahi Montaigu et qu'un détachement de leurs troupes posté à Saint-Fulgent mettait son pays à feu et à sang. Sensible à des calamités qui lui devenaient comme personnelles, il déclara hautement qu'il ne se trouverait pas à l'attaque de Clisson et ajouta que des intérêts plus pressans l'appelaient ailleurs. En vain Lescures voulut-il lui faire comprendre qu'une cause particulière ne devait pas le détourner d'une cause générale, Charette fut inexorable.

Ses collègues ne se trouvant pas assez forts par eux-mêmes pour combattre des ennemis aussi redoutables que les Mayençais, se virent forcés d'abandonner un projet dont l'issue aurait été si favorable à la Vendée, et se joignirent à Charette pour aller châtier les téméraires Républicains. Leurs troupes réunies avaient une physionnomie vraiment imposante. On arrive près de l'ennemi. Charette qui , comme nous l'avons déjà dit, en imposait à tous , sut faire d'un intérêt particulier un intérêt de tous ; il harangua les soldats, imprima dans leur âme la conviction de la sollicitude qu'il avait pour eux et finit son discours en leur disant de marcher de pied-ferme.

A ces mots, se rappelant toutes ses victoires, l'armée vendéenne s'avance et se précipite sur les Républicains. Ceux-ci postés devant Montaigu et occupés presque tous au pillage ne purent que se défendre très faiblement ; du reste, ils n'étaient pas en force pour lutter avec l'armée victorieuse de Tourfou. Ils furent vaincus dès le commencement de l'attaque. Leur artillerie, leurs caissons et leurs munitions de tous genres leur furent enlevés, et ceux d'entr'eux qu'on fit prisonniers furent passés au fil de l'épée. Ceux qui eurent le bonheur d'échapper à un massacre qui semblait inévitable pour tous, prirent la fuite du côté de Nantes.

Cependant tout n'était pas fini pour les rebelles. Ils avaient à combattre à Saint-Fulgent des ennemis peu redoutables par le nombre sans doute, mais terribles par l'habileté qu'ils déployaient dans les manœuvres, nous voulons parler de ces terribles obusiers dont l'art était entièrement inconnu aux Vendéens. Pour neutraliser la force de ces redoutables adversaires on prémédita de les attaquer de tête, de flanc et de queue et d'attendre pour l'ouverture de la lutte la chûte du soleil, heure à laquelle les canonniers ne peuvent guère pointer leurs pièces. Tout arriva comme les Vendéens l'avaient prévu. On lutta d'abord avec un acharnement incroyable et de part et d'autre les cœurs battaient du plus mâle courage ; l'aspect du combat était effroyable ; le feu des deux armées rendait le ciel rougeâtre et une immense fumée se mêlant à cette terrible clarté donnait à ce champ de bataille un aspect plus qu'imposant. Enfin, au bout de six heures les Vendéens restèrent maîtres de la place, et l'ennemi qu'ils avaient enveloppé à la faveur des ténèbres y laissa un nombre considérable de morts et de mourants. Un détachement bien armée de 4,000 hommes, embusqué dans le seul passage qui pût procurer une issue de fuite aux Républicains en déroute, fit des fuyards un horrible massacre. Bien peu échappèrent à la rage des vainqueurs. Ainsi se termina la bataille de Saint-Fulgent qui donna à la France les plus vives craintes de ne pouvoir jamais abolir l'armée des rebelles.

Mais tant de triomphes successifs loin d'assurer quelques jours de repos aux insurgés ne leur coûtèrent que de nouvelles fatigues. En voici la raison : après avoir rétabli Charette, ils se dirigèrent vers leur pays. Les chefs en entrant dans Châtillon apprirent la défaite de Bonchamps qui , malgré tout son courage et son expérience avait été obligé de céder à un ennemi beaucoup plus nombreux que ses troupes. En effet , le combat qu'il avait engagé avec l'armée patriote ne pouvait pas avoir d'autre issue ; on se rappelle que Lescures voulant livrer un assaut terrible aux Mayençais qui sans donte auraient été vaincus , en fut empêché par Charette qu'il fut contraint de suivre avec ses autres collègues pour délivrer son territoire envahi par les Républicains. Ce général voyant qu'il fallait qu'il se désistât d'un projet aussi beau qu'utile, avait envoyé contre-ordre à Bonchamps. Le courrier était devenu malheureusement la proie de l'ennemi et Bonchamps l'attaquant seul , privé du renfort qu'il avait lieu d'attendre avait été complètement battu.

Le vainqueur s'avance vers Châtillon promenant le fer et la flamme sur son passage.

4 *

A cette nouvelle, Lescures, d'Elbée et La Roche-Jaquelin rétablissent l'ordre dans dans leurs troupes et à la tête des héros de Saint-Fulgent ils se placent sur les hauteurs de la ville et attendent ainsi de pied-ferme l'ennemi qui s'avance à grands pas.

Quand les deux armées furent à une petite distance l'une de l'autre elles se harcelèrent par quelques coups de feu sans en venir aux prises. Enfin la bataille se donna : les Vendéens avaient une position favorable, tandisque les troupes patriotes étaient postées dans le fond d'une colline par l'imprudence de leur chef appelé Westermann, qu'on avait chargé très-maladroitement de ranger l'armée. Après une terrible canonnade on fit usage en se rapprochant de la mousqueterie qui acheva de mettre la victoire du côté des rebelles. Les républicains furent écrasés et durent à une prompte fuite de ne pas devenir l'objet d'un massacre immense.

Les Vendéens, fiers d'un pareil succès, s'abandonnèrent à la joie la plus pétulante, et n'épargnèrent rien pour célébrer leur victoire. Ils avaient enlevé à l'ennemi plusieurs charettes d'eau-de-vie ; cette prise comme on va le voir leur devint très nuisible. Sourds aux conseils de leurs chefs à qui il était impossible d'établir une parfaite discipline surtout en de semblables circonstances, ils burent cette fatale liqueur avec les plus grands excès et ne s'arrêtèrent que lorsque les tonneaux furent vides. En quelques heures presque tous furent plongés dans l'ivresse la plus complète. Averti par des espions affidés, Westermann veut profiter d'une occasion si favorable de se venger de sa défaite. A la tête de quinze cents hommes aussi déterminés que courageux il est déjà aux portes de la ville. La sentinelle lui crie : « Qui vive ! » « Royaliste ! répond-il sans hésiter. » Et bientôt il se trouve dans les murs de Châtillon.

Les Vendéens qui dormaient épars dans les rues n'eurent pas le temps de se reconnaître et surpris sans défense et dans un état où la plus faible lutte leur devenait impossible ils furent massacrés de la manière la plus horrible. Ceux qui purent échapper à cette attaque imprévue se sauvèrent avec leurs chefs à Mortagne, et Westermann ne revint joindre les siens qu'après s'être rendu maître de la ville et avoir livré aux flammes un grand nombre de ses maisons.

Les rebelles furent plus irrités qu'affaiblis de la prise de cette ville. En s'abandonnant à une fuite nécessaire, ils avaient tous la rage dans le cœur et se promettaient d'éteindre très prochainement l'incendie dans le sang de l'ennemi. Au bout de quelques heures ils revinrent en force, mais Westermann avait déjà évacué le sol de sa lâche victoire et leurs yeux ne rencontrèrent partout que l'affreux spectacle d'une ville livrée aux flammes. Les cadavres mutilés de leurs compagnons jonchaient les rues et exhalaient l'odeur la plus infecte. Les enfans, les vieillards, et les femmes traversaient le feu en poussant les cris les plus lamentables. En un mot le désespoir et la mort régnaient sur tous les chemins.

Voilà donc le funeste résultat des guerres civiles! voilà le fruit déplorable de ces combats que se livrent des frères qui seraient si forts et si redoutables s'ils se réunissaient tous sous le même drapeau ! Toutefois on peut avouer sans partialité que les Vendéens montrèrent toujours plus de générosité dans la victoire, car s'ils l'eussent voulu, que fussent devenues les villes de Saumur, d'Angers, du Mans, de Laval, de Dol et tant d'autres cités où ils entrèrent vainqueurs. Comme Châtillon elles seraient devenues la proie facile des flammes. Mais, disons-le à leur louange, si les révoltés surent vaincre, ils surent aussi user de la victoire avec modération et générosité; l'aspect de l'ennemi terrassé ou fuyant remplissait toute leur ambition et si une bataille gagnée en entraînait une autre, c'est que le vaincu suscitait toujours de nouveaux combats; mais reprenons le fil des événemens.

Pendant que les Vendéens réunissaient dans Mortagne l'élite de leurs troupes ils apprirent des nouvelles qui les consternèrent; non seulement une puissante armée s'avançait pour leur faire évacuer le terrain qu'ils occupaient, mais encore deux fortes divisions s'apprêtaient pour les prendre à dos et menaçaient d'envahir Tiffanges, Chollet. Ce danger imminent était le fruit d'une fausse combinaison de Charette. Au lieu de marcher vers Tiffanges, il médite de se rendre maître de Noirmoutiers et laisse ainsi la

Haute-Vendée à la merci des forces républicaines qui vont alors sur trois colonnes espérant bientôt avoir en leur puissance la Vendée, Charette et Noirmoutier.

Pendant que l'armée patriote se dirige sur Mortagne, les chefs des rebelles postés entre cette ville et Chollet s'apprêtent à un rude combat et envoient de tous côtés de nombreux courriers pour demander des renforts en troupes et en officiers. Comme la Loire était derrière eux et que par prudence il fallait toujours prévoir une déroute, ils détachèrent 4,000 hommes de leur armée pour aller occuper Varades, ville située au delà du fleuve. Varades ouvrit ses portes.

Lorsque toutes les mesures eurent été prises de part et d'autre, le combat s'engagea. Les Républicains avaient sur leur visage une assurance qui annonçait combien ils étaient sûrs de vaincre. Les Vendéens au contraire exprimaient par leur attitude un désespoir violent et l'intention où ils étaient de s'ensevelir sous les ruines de leur pays. La bataille dura onze heures et les succès furent partagés. L'armée patriote malgré sa rage et sa persévérance, commençait à se fatiguer et désespérait de finir glorieusement l'entreprise lorsque l'Échelle, un de ses chefs, profitant de l'obscurité, environne avec adresse le corps commandé par Lescures. Pressés de tous côtés, les Vendéens perdent courage et prenant la fuite se dirigent avec précipitation sur Cholet. Le brave Lescures indigné et bouillant de colère, s'élance au milieu des fuyards, leur rappelle leurs belles victoires et grâce à ses énergiques accens en rallie un grand nombre. Aussitôt il recommence une attaque et va faire sans doute des prodiges de valeur, lorsque frappé d'un coup mortel il tombe au milieu de ses compagnons ; on le retire tout sanglant du lieu

du combat et on le transporte à Beaupreau.

A la nouvelle d'une perte aussi grande et
que rien ne pouvait réparer, un profond découragement règne dans l'armée qui désormais se croit incapable du plus léger triomphe. La douleur se peint sur tous les visages;
on a perdu l'appui le plus sûr, le défenseur
le plus zélé.

Les Républicains emportent Mortagne, et le
lendemain entrent dans Chollet qui, malgré
l'avis de quelques chefs expérimentés devient en quelques instans la proie des flammes. Le pillage et le massacre sont immenses. On n'entend dans les faubourgs que les
cris féroces des vainqueurs et les gémisse-
mens des victimes de tout sexe et de tout
âge que le soldat effréné livre à sa barbare
fureur. Après s'être quelque temps reposés
à Beaupreau, les Vendéens, en qui des idées
de rage avaient succédé aux sentimens de

gloire, s'avancent vers Chollet pour en venger les habitans ou mourir avec eux sous les décombres. Le chef républicain instruit de leur arrivée dispose ses troupes au combat et attend l'attaque de pied-ferme. Les deux partis sont en présence, on se choque, on se heurte, on se brise. Les rebelles ont déjà envahi les faubourgs et la canonade la mieux nourrie ne peut leur faire perdre cette position. A droite ils sont presque vainqueurs, mais à gauche les Mayençais les poursuivent avec tant de force que ces héros dignes de vivre à jamais dans l'histoire sont enfin criblés par la mitraille qui les assiége de tous côtés. Alors le désordre le plus horrible se mêle parmi eux et presque tous se retirent vers Beaupréau.

A cette vue, La Roche-Jaquelin, d'Elbée et Bonchamps s'apercevant que désormais tout courage est inutile veulent du moins mourir avec splendeur et terminer leurs longues batailles aussi glorieusement qu'ils les ont commencées. Ils rassemblent cent cinquante cavaliers aussi déterminés qu'eux et s'aveuglant sur le trépas certain qui les menace ils se précipitent sur l'ennemi. Tout semble céder à leur passage. Cette poignée d'hommes a déjà produit un horrible massacre ; chaque coup qu'elle porte est mortel. Pourtant si la lutte est belle, elle est inégale et le combat ne peut plus durer. Ces martyrs désintéressés d'une cause qu'ils regardent comme sainte, sont enfin enveloppés par l'ennemi. Bonchamps et d'Elbée tous deux si dignes d'un meilleur sort tombent frappés d'une blessure mortelle et entraînent dans leur noble chûte les deux tiers de ceux qui les ont suivis. La Roche-Jaquelin resté presque seul des siens sur ce champ de mort, et dont les habits sont percés de mille balles veut effectuer une retraite presque impossible. Heureusement un détachement d'infanrie lui arrive, et grâce à ce renfort, il parvient à se faire jour à travers la mêlée, après s'être assuré pourtant de la possession du brave d'Elbée qui respirait encore.

Arrivé à Beaupréau il s'y repose un instant, mais pressé par l'ennemi qui le poursuit toujours, il se dirige bientôt vers Saint-Florent. Les Républicais arrivent en deux heures dans le lieu que les Vendéens viennent de quitter et y excercent des horreurs qu'on nous permettra de passer sous silence. qu'il nous suffise de dire que c'est à Beaupréau que l'armée patriote se livra à des excès dont toujours frémira l'humanité et que cet endroit fut le théâtre de ces fureurs devant les quelles auraient reculé les peuples les plus barbares.

Arrivée à Saint-Florent, l'armée vendéenne se dispose à passer la Loire. On voit courir de tous côtés des femmes et des enfans qui échappés au fer et aux flammes viennent rejoindre les objets qui leur sont chers et leur demandent à genoux un abri contre tant de calamités.

Spectacle à la fois terrible et éloquent ! O vous que transportent de nos jours des idées révolutionnaires, jetez, jetez les yeux sur ce funeste tableau et apprenez à concevoir une juste horreur des guerres civiles.

La Roche-Jaquelin résolut enfin d'effectuer le passage du fleuve. Ses soldats avaient à leur disposition environ 4,000 prisonniers qu'ils croyaient devoir par prudence exécuter sur le champ, mais le magnanime Lescures qui était prêt à rendre le dernier soupir trouva encore assez de force dans la voix et d'énergie dans le cœur pour arrêter ce projet sanguinaire et c'est à ce brave guerrier que plusieurs milliers de Français durent encore ce jour-là leur conservation.

Les momens étaient précieux; on en profita avec la dernière célérité. A peine les bateaux vendéens flottaient sur la Loire que déjà l'avant-garde républicaine entrait dans Saint-Florent.

PASSAGE DE LA LOIRE.

Le lecteur, s'il n'a pas lu l'histoire des guerres de la Vendée, croira peut-être que les rebelles traversaient le fleuve en poussant des cris d'effroi ou en livrant leurs ames au désespoir. Il n'était rien de tout cela. L'excès du malheur avait au contraire grandi leur courage et la présence de leurs femmes et de leurs enfans leur inspira une audace invincible. Après leur débarquement, Varades fut la première ville qu'ils occupèrent. Ancenis résista un moment mais quelques coups de canon sûrent bientôt la rendre obéissante.

Ingrande, Segré, Candé, Château-Gontier subirent la même invasion après une lutte de quelques heures. Les habitans de Laval furent les seuls qui se défendirent; un combat assez opiniâtre s'engagea , mais les troupes de cette ville ne purent rien contre une armée aguerrie et le drapeau Vendéen ne tarda pas à flotter dans ses murs. C'est là que La Roche-Jaquelin nommé généralissime fit le recensement de ses soldats. Il s'y trouva 30,000 fantassins et 12,000 cavaliers, suivis d'un nombre considérable de femmes et d'enfans.

Cependant les Républicains avaient aussi passé la Loire et sans se lasser poursuivaient à grands pas les rebelles. Les Mayençais après quelques jours parvinrent sous les murs de Laval; à leur arrivée les Vendéens ne se firent pas attendre et bientôt s'effectua une des plus sanglantes batailles. Les Mayençais fiers de la victoire de Chollet, de leur adresse dans les manœuvres et de leur discipline, crurent que la victoire leur sourirait. Les insurgés de leur côté avaient pour eux le nombre et leur désespoir, ce qui rendit l'acharnement incroyable. Rien n'était encore décidé au bout de six heures, quand Stofflet par une attaque aussi adroite qu'imprévue fixa la victoire du côté des Vendéens; avec 1,500 hommes il se précipite derrière l'ennemi et commande une forte décharge. Les soldats républicains se troublent et la confusion règne parmi eux; les deux armées se rapprochent, on se bat à la boïonnette; le sang coule de toutes parts. Enfin, malgré toute leur intrépidité les Mayençais succombent et laissent sur la place la moitié de leurs compagnons. Ceux d'entr'eux qui échappèrent au massacre se retirèrent hors d'haleine à Châteaugontier, emportant avec eux la triste conviction que malgré leurs malheurs et leurs fatigues les Vendéens savaient encore être vainqueurs.

Les Républicains n'étaient pas pourtant abattus; la plus grande partie de leurs troupes n'avait pas assisté à ce rude combat. Le général L'échelle avec son armée ne fut pas long à se rendre devant Laval. Mais le court délai qu'il mit à cette opération fut néanmoins suffisant pour donner à La Roche-Jaquelin le temps de recevoir un renfort de mécontens, sans lequel il lui aurait été sans doute impossible de remporter une troisième victoire.

L'échelle animé du désir de venger ses compagnons mutilés la veille, commença l'attaque avec une vigueur incroyable. Les Vendéens qui s'attendaient à ce choc, avaient éclairci leurs rangs pour que la mitraille de l'ennemi ne pût faire que de petites brèches. Poussés par un désespoir qui allait toujours croissant ils négligent de riposter par le feu et s'avancent au pas de charge. L'armée patriote saisie d'une attaque si vigoureuse, se déconcerte et s'ébranle. Les Vendéens en profitent et s'élancent sur elle avec impétuosité, on combat de nouveau corps à corps, et une fois encore les Républicains sont mutilés et contraints de prendre la fuite. Si l'on veut en croire quelques historiens, le général L'échelle ne pouvant réussir à rallier les fuyards se brûla la cervelle de colère et de honte. Les vaincus furent poursuivis jusqu'à Châteaugontier où ils éprouvèrent de nouvelles pertes. C'est là ou le brave général Beaupuy après avoir fait des prodiges de valeur fut atteint d'une balle qui lui traversa la poitrine.

Le courage et le désespoir des Vendéens avait beau écraser des bataillons, l'armée patriote ressuscitait toujours. Pour arrêter la marche du vainqueur une division composée de nouvelles troupes et de chasseurs de

Paris vint se poster à Ernée. La Roche-Jaquelin s'étonne de tant d'audace et s'apprête à la châtier.

Il divise ses troupes en trois colonnes et par une adresse qui si souvent l'avait rendu maître du champ de bataille il enveloppe en un moment l'enemi qui sans essayer une vaine défense confie son salut à une prompte fuite. Cette nouvelle victoire met l'épouvante dans tous les départemens de la Bretagne. Fougères, Antrain, Dol, Pontorson et Avranches se livrent aux rebelles. De là ils courent faire le siége de Granville. Comme personne dans leur armée ne connaissait l'état des fortification de cette ville, trois jours d'une attaque continuelle furent sans succès ; contraints de lever le siége ils attaquèrent Vitré c'est là que les troupes patriotes n'eurent pas lieu de tourner en dérision des soldats que l'inexpérience seule rendait incapables de prendre une place forte. De Vitré ils entrè-

rent dans Dol. Il n'y restèrent pas longtemps
en repos; trois robustes colonnes vinrent les
y attaquer. Les routes de Pontorson, d'Antrain, et de Saint-Malo furent témoins des
trois attaques que les deux partis se livrèrent
La Roche-Jaquelin battait l'ennemi de son
côté ; apprenant que Stoflet était sur le
point de céder, il abandonne le terrain sur
lequel il ordonnait un si beau feu et vole sur
Antrain pour dégager ses gens. Alors les
deux corps d'armée se portèrent sur ce
point et se livrèrent le combat le plus sanglant. Les baïonnettes se croisèrent et cette
lutte d'homme à homme dura plus de huit
heures. Les deux partis allaient inévitablement se massacrer sans succès, lorsque le
chef vendéen faisant manœuvrer un corps de
réserve fit vomir un feu terrible sur les Républicains qui se mirent en déroute après
avoir subi des pertes considérables.

Cependant les royalistes qu'affaiblissait

chaque victoire qu'ils remportaient, perdant l'espérance d'insurger en masse les provinces de l'ouest, prirent la résolution de suivre le chemin de la Vendée, mais ce projet était conçu trop tard. En passant la Loire ils avaient donné à l'ennemi le temps de munir les places et de les rendre capables d'opposer une vigoureuse résistance; malgré tous ces obstacles ils se mettent en marche et arrivent à Ernée. C'est là qu'ils déposèrent le corps du courageux Lescures qui malgré sa blessure mortelle avait assez vécu de temps encore pour que l'armée dût plus d'une victoire à ses sages conseils; on l'inhuma avec tous les honneurs que méritait son rang. De là ils se dirigèrent vers Augers où exténués par des pertes nombreuses et les longues fatigues qu'ils avaient subies ils furent repoussés par l'ennemi. Après avoir marché cinq jours ils arrivèrent à Baugé et le lendemain La Flèche leur ouvrant un passage, ils pour-

suivirent vers le Mans dont ils s'emparèrent
après quelques efforts ; mais bientôt Westermann vint leur livrer bataille. Jaloux de se
mesurer avec un aussi brave ennemi, La Roche-Jaquelin crie : Aux armes ! mais cette
fois ses soldat se montrent sourds à la voix qui
les appelle, un petit nombre le suit, le reste
se plonge dans l'ivresse et passe en de honteux loisirs des momens que l'honneur et la
gloiredevaientseuls occuper. La Roche-Jaquelin se battit alors en désespéré et sa rare valeur retarda longtemps sa défaite. Mais enfin
il fallut qu'il cédât au nombre , et , avec son
armée qui chaque jour tombait en débris, il
prit le chemin de Laval.

Hâtons-nous de jeter un voile sur les lâches fureurs qui furent exercées envers de
faibles femmes et leurs timides enfans : les
rues étaient inondées de ruisseaux de sang ,
18,000 victimes restèrent sur la place égor-
gées par le sabre du vainqueur. Désastre fu-

neste ! horrible tableau ! voilà donc tes hideux résultats, guerre civile inventée par les enfers !!!

· Un revers aussi accablant venait de donner le coup mortel à la Vendée. Ce dernier échec lui avait ravi ses soldats les plus courageux, ses munitions, son artillerie, l'espoir enfin qui nous reste presque toujours fidèle. Les chefs des rebelles tinrent conseil à Laval, pour savoir quel était le parti qu'on devait prendre. Tous furent d'accord que puisque la fortune abandonnait entièrement l'armée, il fallait rejoindre la Loire et en tenter de nouveau le passage. On fit en conséquence préparer des radeaux à Ancenis. Ces radeaux mal construits intimidèrent l'armée qui par son hésitation sembla refuser de s'y exposer. Laroche - Jaquelin qui jamais n'avait été accessible à la crainte se jette d'un pied ferme avec quelques officiers sur le premier qui se présente à sa vue ; plusieurs imitent son exemple et avec quelque peine ils arrivèrent ainsi que lui sur l'autre rivage Il est probable que la majeure partie de ses troupes aurait suivi l'élan si l'ennemi ne se fût pas présenté soudain. Il fallut alors s'enfuir à Savenay. Le lendemain cette armée déplorable qui n'avait plus son précieux guide sut à peine se mettre en bataille, et mise en pièces par les vainqueurs vit enfin la victoire déserter à jamais son triste drapeau.

CAMPAGNE DE 1794.

La guerre civile paraissait terminée. La Vendée naguère intrépide et victorieuse n'était plus qu'un fantôme, qu'une ombre d'elle-même. Les débris épars d'une armée autrefois si belle, cachés dans les plus obscurs réduits, aspiraient à revoir leur patrie et à goûter les charmes de la paix dont ils étaient privés depuis si longtemps. La Roche-Jaquelin lui-même, réduit à déguiser sa noble figure, allait de maison en maison implorant un refuge secourable ; ses mâles accens n'avaient plus d'écho dans les campagnes depuis ses derniers revers. Si profitant d'un découragement aussi favorable au rétablissement de l'ordre, le gouvernement eût envoyé dans la Vendée un sage et humain réprésentant on eût vu bientôt le doux olivier refleurir dans toute la France, mais le comité du salut public, peu satisfait sans doute de tant de massacres, envoya à Nantes un de ces hommes que la nature n'enfante que pour être les objets de l'exécration publique, un monstre plus avide de sang que le tigre le plus insatiable, le barbare Carrier enfin. Arrivé sur un sol où ses pieds ne foulent que des décombres et où ses yeux ne voyent que des plaies saignantes encore, et qu'il eût été si juste et si honorable de cicatriser, il n'en conçut que plus de fureur pour faire éclore d'autres désastres. Par son ordre les échafauds se dressent et l'innocence est immolée chaque jour au fanatisme révolutionnaire. Les flots de la Loire se rougissent du sang des victimes, et l'enfant au berceau n'est pas plus épargné que l'octogénaire; les bestiaux le croirait-on, portèrent ombrage à la sanguinaire Convention, ils furent brûlés dans leurs étables.

Si l'histoire ne consacrait pas quelques pages à tracer d'aussi horribles attentats pour l'instruction et l'exemple des peuples, les cœurs les plus crédules les révoqueraient en doute.

Tant d'atrocités révoltent enfin les Vendéens et l'indignation dont ils sont saisis chasse de leurs cœurs le funeste découragement qui les domine, et l'amour de la patrie et des nobles batailles y reprend tout son empire. La Roche-Jaquelin , comme le phénix qui renaît de ses cendres, reparaît armé de la foudre ; Son bras terrible va peser encore sur d'obscurs malfaiteurs. Il s'empare de Chollet , bat les Républicains et chaque jour refait sa couronne de lauriers flétric par l'adversité. Charette vient lui porter le plus puissant renfort.

A la nouvelle de ces triomphes si peu attendus, les malheureux qui avaient survécu à l'horrible massacre de Savenay trouvèrent à force de sacrifices le moyen de repasser la Loire et animés d'un nouveau feu regagnèrent les lieux où leur intrépide chef s'illustrait encore. Ce fut à cette occasion que deux colonnes républicaines appelée *infernales* reçurent l'ordre de parcourir la triste Vendée et de mettre à feu et à sang tout ce qui se trouverait sur son passage. Ces farouches soldats, dignes plutôt d'être appelés sicaires, n'exécutèrent que trop fidèlement ces ordres barbares. La plume se refuse à tracer les crimes de tout genre dont ils chargèrent leur noire conscience. Les cœurs les plus froids reculeraient devant une peinture aussi sanglante, les yeux se fermeraient devant tant d'horreurs. En vain ceux qui eurent la force de remplir le rôle infâme de bourreau voulurent-ils, pour rendre plus tard leur mémoire moins odieuse, rejeter les cruautés dont ils furent les instrumens sur ceux qui les avaient commandées. Malédiction éternelle sur ceux qui les signèrent ainsi que sur ceux qui n'osèrent pas refuser de remplir une commission de sang et des ordres dictés par la barbarie la plus atroce.

En voyant approcher ces soldats exterminateurs, le glaive d'une main et la torche incendiaire de l'autre, toute la population Vendéenne se souleva et courut se cacher dans les bois ; ceux même qui avaient calomnié cette guerre dans son principe s'armèrent sans l'impulsion de personne pour combattre l'ennemi commun. Alors le désordre devient général dans toutes les villes. Charette profitant de cette confusion, marche vers Lianché et y attaque à l'improviste une armée de Républicains. Ceux-ci que la soif de l'or attire plus qne les combats, veulent fuir avec un immense butin. Le chef Vendéen les assiége de tous côtés en fait un horrible massacre, leur arrache plus de trois cent mille livres, six cents fusils et reste maître du terrain à la tête d'une armée de quinze mille hommes.

C'est ainsi que cette guerre d'extermination servit au profit de ceux qu'on avait désignés pour en être les victimes, en ruinant toujours la France et en lui coûtant des flots de sang dont elle aurait dû être si avare.

On s'étonnera sans doute de voir Charette et son compagnon intrépide, vainqueurs en des circonstances beaucoup plus difficultueu ses que celles où ils s'étaient déjà trouvés. On comprendra aisément la cause de cette bonne fortune lorsqu'on saura que ces deux chefs habiles pouvaient attaquer sans se désunir des forces contraintes de se diviser pour combattre deux ennemis à la fois.

Au delà de la Loire, les Chouans s'étaient révoltés et occupaient une partie de l'armée républicaine qui avait été obligée de passer le fleuve pour aller faire tête à ces hostilités naissantes. Nous ne transporterons pas le lecteur sur ce nouveau champ de bataille qui s'ouvre il y verrait les mêmes tableaux, les mêmes horreurs, le même fanatisme égorgeant en tout lieu l'innocence. Revenons plutôt à notre premier sujet et arrivons aux derniers éclats de ces luttes qui nous font encore frémir d'épouvante.

Tandis que Charette se signalait dans son pays, La Roche-Jaquelin ne brillait pas dans ces contrées d'une moindre gloire. Tantôt vainqueur, tantôt vaincu, il prenait la veille une ville qu'il était obligé de restituer le lendemain; mais harcelant sans cesse son ennemi, par d'adroites combinaisons il lui faisait subir chaque jour quelques pertes nouvelles lorsqu'au contraire son armée grossissait à vue d'œil par les débris de Chollet et de Savenay. Mais Dieu avait assez puni les hommes; Il voulut enfin que ce chef actif et redouté fît halte dans ses victoires et s'arrêtât dans sa course glorieuse.

Depuis sa nouvelle traversée, La Roche-Jaquelin se montrait dans les combats prodigue de ses jours. Dans ses premières armes on l'avait toujours vu donner à son courage un essor modéré et se battre en capitaine; vers la fin, soit qu'il fût habitué au tumulte des camps ou à voir mille fois par jour la mort en face, il la bravait avec la plus légère témérité. Mais ne blâmons pas le héros; prévoyant peut-être le triomphe pro-

chain de la République et se trouvant isolé
au milieu des batailles depuis qu'il a vu tomber ses amis si braves, Lescures, Bonchamps
et d'Elbée il est jaloux de leur trépas glorieux
et se hâte de descendre avec honneur dans la
tombe où ils reposent puisqu'il se voit incapable d'être désormais utile à sa chère
Vendée.

Dans une légère attaque près de Vezins,
où l'armée patriote avait été mise en déroute, le guerrier poursuit les fuyards avec un
acharnement peu nécessaire; on veut en vain
arrêter son fougeux coursier, il en double
la vîtesse et s'obstine à faire prisonnier de sa
propre main un soldat qui se cachait derrière
un buisson. Il est sur le point de le saisir
lorsque le Républicain pour mourir au
moins avec gloire essaie un coup hardi avant
de tomber entre les mains redoutables du
général; il le couche en joue; son vainqueur
s'avance avec une hardiesse dont on n'a jamais

vu d'exemple et bientôt sa cervelle vole en éclats.

C'est ainsi que succomba sans lustre ce chef dont la vie avait été si brillante. Après avoir bravé les plus glorieux dangers et avoir tenu tête aux plus nobles orages dans les batailles de Chollet et du Mans, il succomba dans une simple attaque entraînant dans sa chûte la ruine de son armée. On fit d'inutiles efforts pour cacher un trépas qui devait avoir des si funestes suites; toute la Vendée en fut bientôt instruite et tomba dans un découragement dont elle ne put jamais se relever.

Pleure victoire ! ton bien-aimé n'est plus; la fleur des guerriers, lui que tu caressas tant vient de pencher sa tête mourante. Oh! oui, pleure victoire, ton bien-aimé n'est plus ! Et toi La Roche-Jaquelin console-toi au séjour des morts, ta vie a été remplie et si tu es tombé sans éclat, c'est que ta couronne surchargée de lauriers n'avait pas même de place pour en recevoir un de plus. La Vendée chérira toujours ta mémoire ; ton nom seul prononcé dans ta patrie sera pour ses jeunes soldats une leçon de courage, et si de nouvelles tempêtes venaient gronder autour d'elle ton image sacrée fixée au haut d'un drapeau fera voler la victoire dans leurs rangs ; ta gloire est intacte parceque ton ame fut pure et désintéressée , et si un jour la pâle envie venait jeter son venin sur ton ombre elle pâlira , sois-en sûr , au récit de tes glorieuses batailles.

La mort de ce brave qui aurait pu être si utile aux Républicains ne leur porta presque aucun profit. Depuis quelque temps l'intérêt seul les guidait et leur faisait fermer les yeux sur les devoirs que la patrie exigeait d'eux. Leur amour pour le pillage servit admirablement Charette qu'avait affaibli de moitié la mort de son collègue. Il remporta plusieurs petites victoires mais qui, hélas ! n'étaient toujours que du sang répandu puisque chaque triomphe n'amenait jamais la moindre amélioration et n'était au contraire que le prélude d'une sanglante bataille.

Enfin arriva le jour si longtemps attendu où l'on allait laisser respirer à loisir la Vendée agonisante, et qui devait affranchir la France d'un esclavage aussi honteux que déshonorant. Le peuple français aux abois, vit enfin briller le 9 thermidor comme un astre réparateur et bienfaisant. La raison vint nous éclairer de son précieux flambeau, le fanatisme prit la fuite, les crimes cessèrent, l'anarchie expira en frémissant de rage et sur les places où des bourreaux avaient dressé des échafauds, s'élevèrent par des mains pieuses des autels expiatoires où un pur encens brûla pour apaiser le murmure des victimes que l'erreur avait immolées.

Ce jour glorieux, en désarmant le bras forcené du tyran, épargna à la France une ruine inévitable et tranquille au sein d'une paix dont elle désespérait, elle put voir ses palmes refleurir en liberté. Soudain on fraternisa avec les insurgés Vendéens; des hommes honnêtes et vertueux vinrent leur rappeler les devoirs qui sont chers à tout bon français et la poudre qui restait aux deux armées, fut mise en réserve pour combattre un jour au besoin les ennemis de la France. Une suspension d'armes fut le premier résultat de cette heureuse paix, et bientôt, au camp fameux de la Jaunaie, fut signée nne amnistie générale qui rendit à cette malheureuse contrée un repos qu'elle avait acheté, hélas ! par tant de sang, de combats et de larmes.

Avant de terminer cet ouvrage par une pensée morale qu'indique assez le déploraple sujet que nous venons de traiter, nous devons ramener le lecteur sur les pas de Victor qu'il a perdu de vue depuis si longtemps. Ce jeune homme, sans éducation militaire, était parvenu, comme nous l'avons déjà dit, au grade de sous-lieutenant. Il fit de nombreuses actions d'éclat qui rendirent son nom cher à son pays. Quoique enivré de ses idées de gloire et de patriotisme l'amour l'avait fait souvent soupirer et plus d'une fois le souvenir de Rose l'avait occupé dans les camps. Il aspirait au jour heureux où après avoir payé sa dette à la patrie il lui serait enfin permis de restituer aussi à la beauté tout ce que son cœur lui devait. Lorsque l'armée Vendéenne fut licenciée il s'élança vers le lieu de sa naissance avec le même élan qui l'entraînait dans les combats et, arrivé au village, ses yeux caressans et humides de douces larmes fixèrent avec attendrissement la cabane de Rose; mais quelle fut sa douleur et sa surprise de la voir abandonnée. Aussitôt un frisson mortel se glisse dans tous ses membres, son sang s'arrête dans ses veines, et ses regards fixes s'attachent tristement sur la maisonnette, qu'hélas! il ne croyait pas trouver solitaire.

Mais au moment où tout son courage allait l'abandonner et qu'il allait maudire la gloire, lui qui l'avait tant aimée, il aperçoit à quelque distance une petite robe flottante, une jeune fille marchait avec précipitation et laissait derrière elle des personnes qui semblaient ne pas pouvoir la suivre. Un délicieux pressentiment lui dit que c'est Rose; joyeux, hors de lui-même, il s'élance vers elle pour épargner quelque fatigue à ses petits pieds, et la reconnaissant il se précipite dans ses bras sans pouvoir d'abord proférer la moindre parole. Mais quand le grand effort de son ivresse fut un peu calmé :

— Tu m'es donc rendue, mon amie, dit-il avec émoi, et la guerre civile t'a donc épargnée? si tu savais combien de fois j'ai tremblé pour tes jours en conjurant le ciel de te protéger toi et ton innocence. Oh! encore un baiser, de grâce! encore un baiser? j'ai si longtemps été privé de tes caresses. Dis-moi, m'aimes-tu toujours? et la jeune fille qui avait le cœur serré de contentement ne put répondre d'abord. Un baiser de Victor délia sa langue captive :

— Quoi! dit-elle, tu me demandes si je t'aime toujours? Peux-tu me faire une semblable question, lorsqu'en venant d'exposer tes jours pour la patrie tu peux te glorifier d'un nouveau titre à mon amour. Oh! oui, je t'aime de toutes les forces de mon ame; je t'aime aussi purement qu'on aime au ciel, je t'aime autant qu'on peut aimer sur la terre. Nous avions fui notre cabane en cas de danger; un endroit inconnu nous a abrités longtemps, et chaque soir, quand nous nous couchions nous adressions nos vœux au ciel pour toi et pour la patrie. A la nouvelle de l'armée licenciée je me suis précipitée sans perdre un instant vers notre réduit, sûre que le même aimant nous y attirait ensemble à la même heure, et je savais si bien que mon Victor me reviendrait avec un grade d'honneur que je lui apporte cette branche de laurier..... et ils s'embrassèrent de nouveau en se serrant étroitement.

Leurs vieux parens arrivaient tout haletans de fatigue ; ils avaient tant couru pour revoir Victor ; les embrassades et les larmes de joie recommencèrent. Enfin après une effusion de cœur on apprêta un petit repas champêtre dans la cabane. Le jour s'écoula dans les transports de la joie la plus vive et quand la nuit approcha, Victor qui avait besoin de repos ferma les yeux à un doux sommeil remettant au lendemain le récit des batailles auxquelles il avait assisté.

Plusieurs jours se passèrent dans l'allégresse et presqu'au moment où l'amant guerrier content de sa pauvreté par la possession de Rose, allait accomplir avec elle le plus heureux mariage, un courrier vint lui apporter une lettre et une petite boîte ; la lettre contenait un don de dix arpens de terre que lui offrait sa patrie reconnaissante et la boîte recelait une médaille où étaient gravés ces mots : *La Vendée aimera toujours celui qui la défendit !* Cette noble récompense de ses services doubla son bonheur.

Sans predre de temps le pasteur du village les unit pour toujours au pied des autels. Après la célébration du mariage ils revinrent dans la cabane qu'ils ne voulurent plus quitter puisque c'était là qu'avait commencé leur amour. La médaille entourée du laurier que Rose avair donné à Victor, fut placée près de la couche uuptiale ; Victor le voulut ainsi pour que chaque jour et à chaque instant il pût considérer avec orgueil et plaisir ce qu'il tenait de sa patrie et de son amante.

D'autres que lui se livrèrent aussi à la plus vive allégresse ; en effet chaque soldat volontaire n'avait-il pas quitté son pays, ses parens, ses amours, le champ qu'il cultivait ? Pendant longtemps on n'entendit que des cris de fête et, quand les travaux recommencèrent enfin, on fixait avec plaisir le soldat redevenu laboureur, dérouillant avec joie le soc de sa charrue en déchirant le sein de la terre, et substituant aux airs de crainte et d'alarme des chansons d'espérance qui appelaient la moisson nouvelle.

Puisse le ciel, malheureuse Vendée, ne plus te rendre le foyer de la guerre civile et, grâce à tes malheurs, puisse tu désormais jouir d'une paix inaltérable! tes plaies ont été longtemps saignantes ; il a fallu bien des années pour les cicatriser ; ton exemple est digne de servir de leçon à tout l'univers. Et toi, France, qui tant de fois as été déchirée par les haines et les dissensions, puisse-tu enfin, te reposer pour toujours de tes longues douleurs, et que l'essor de ta gloire ne soit jamais entravé par la discorde qui en serait inévitablement l'écueil. Cultive les arts et l'industrie ; offre et fais admirer au monde les riches produits que le génie de tes précoces enfans fait chaque jour éclore, et préfère sans cesse le paisible olivier, symbole de la douce paix, aux lauriers sanglans et honteux qui sont toujours le triste résultat des guerres intestines. Ces guerres appauvrissent une nation, la déshonorent aux yeux des autres peuples, et tuant peu-à-peu en elle tout germe de courage, la rendent incapable de se lever forte et puissante quand le bélier de l'ennemi vient heurter ses murailles.

FIN.

Imprimerie d'A-Saintin, 58, rue St-Jacques.